Friedrich Wilhelm Gotter

Der schwarze Mann

Eine Posse in zwei Aufzügen

Friedrich Wilhelm Gotter

Der schwarze Mann
Eine Posse in zwei Aufzügen

ISBN/EAN: 9783743354029

Hergestellt in Europa, USA, Kanada, Australien, Japan

Cover: Foto ©Andreas Hilbeck / pixelio.de

Manufactured and distributed by brebook publishing software (www.brebook.com)

Friedrich Wilhelm Gotter

Der schwarze Mann

Personen.

Johnson, ein Engländer.
Mistriß Johnson, dessen Frau.
Betty, ihr Kammermädchen.
Quick, ein Wirth.
Frau Quick, dessen Frau.
Flickwort, ein Theaterdichter.
Friz, ein kleiner Knabe.
Peter, ein Kellner.
Hanns und Christoph, Aufwärter.

Die Handlung geht in einem deutschen Gasthofe vor.

Erster Aufzug.

(Zimmer des Wirths.)

Erster Auftritt.

Flickwort (allein; sitzt an einem Tische mit Schreibematerialien, und liest ein Manuskript; nachdem er gelesen)

Bis hieher ohne Tadel! Die Einleitung ist kurz, die Handlung einfach. Das Interesse wächst. Der Knoten schürzt sich immer fester. Die Akte greifen in einander. Alle Theile passen zum Ganzen. Keine Kluft, kein Stillestand, kein Sprung! (Pause) Aber der fünfte Akt? — O, du unseeliger Fünfter! — Klippe meiner schiffbrüchigen Kollegen, soll auch ich an dir scheitern? — (nachdenkend) Zwey Wege liegen vor mir — beyde von Aristoteles ge=

zeich=

zeichnet. — Die Verschwörung wird entdeckt — der König — ein zweyter August — siegt über sich selbst — Die Verräther erhalten Gnade — (Pause) Nein, das sieht zwanzig andern Stücken so ähnlich. — Ich stehle nicht. — Ich bin ein Original! — Ich lasse die Tugend unterliegen. Je unmoralischer, desto schrecklicher! — Ich kann nicht helfen. — (Springt in der Begeisterung auf, sein Manuskript in der Hand haltend) Der König muß sterben! Gift oder Dolch! gleich viel! Der König muß sterben!

Zweyter Auftritt.
Quick, Flickwort.

Quick. (der bey den letzten Worten herein getreten ist) Der König?

Flickwort. (in der Begeisterung fortfahrend) Nicht anders. Er ist ein Tyrann. Die Rache der Gegenparthey ist gerecht. Ich nehm's auf mich.

Quick. Ein Komplot gegen den König?

Flickwort. Das regierende Haus wird gestürzt.

Quick. Herr Flickwort!

Flickwort. Königinn und Prinz kommen auf ewig ins Gefängniß!

Quick. Die Königinn? Der Kronprinz?

Flickwort. Auf was Art soll ich den König umbringen? Rathen Sie mir! Lieben Sie vielleicht die Verzuckungen?

Quick. (faßt ihn bey der Brust) Kein Wort mehr, Schurke!

Flick.

Flickwort. Herr Quick? Ist das Spas?

Quick. Spas oder Ernst. Ich schicke nach der Wache.

Flickwort. Herr Quick!

Quick. Ich dulde keinen Königsmörder in meinem Hause.

Flickwort. Sind Sie toll, Herr Quick?

Quick. Ja, sind Sie's? — Sie möchten sich wohl nun so stellen, um sich heraus zu helfen. — Her mit dem Papiere! (will es ihm aus der Hand reissen.)

Flickwort. (hält es fest) Mein Manuskript! Mein Manuskript!

Quick. Her damit, sag ich! (sie reissen sich herum.)

Flickwort. Herr Quick, Sie kommen mir ans Leben.

Quick. Das will ich.

Flickwort. Sie zerreissen mir das Herz.

Quick. Dazu kann Rath werden. (reißt ein Stück los, und steckt es geschwinde in die Tasche)

Flickwort. Ich bin verloren. Herr Quick, geben Sie mir mein Fragment wieder!

Quick. Nichts!

Flickwort. Geben Sie mirs wieder! Ich bitte Sie fußfällig.

Quick. Nichts!

Flickwort. Der König soll leben, wenn Sie wollen.

Quick. (in neuem Eifer) Wenn ich will? Ich bin ein Patriot. Ich lasse mein Blut für ihn.

Flick=

Flickwort. (lachend) Für den König Xerxes?

Quick. Herr Flickwort, schmähen Sie meinen König nicht, oder —

Flickwort. Wer denkt an Ihren König! Ich rede von meinem armen Xerxes, von meinem zerfleischten Trauerspiele.

Quick. Trauerspiel? — (liest den Titel) Leben und Thaten des Königs Xerxes, Trauerspiel in — (wirfts ihm hin) Da haben Sie den Plunder!

Flickwort. (die zerstreuten Bogen aufraffend) Plunder? Herr! Den Schimpf sollen Sie mir bezahlen!

Quick. Bezahlen Sie mir erst meine Rechnung.

Flickwort. Mit dem Plunder könnt' ich ein Königreich bezahlen.

Quick. Kein Puppenkönigreich.

Flickwort. Ich hab es schon vier Theatern angeboten. Will man es nicht als Drama annehmen, so flick ich Arien hinein. Dann ist mein Glück gemacht.

Dritter Auftritt.

Frau Quick, Vorige.

Fr. Quick. (schreyt schon hinter der Scene.) Quick! Quick! Quick! (reißt die Thüre auf, guckt herein) Wo steckst du? Hurtig! Fremde Herrschaften!

Quick. Ich komme, ich komme schon. (Ab)

Vierter Auftritt.

Flickwort (allein; indem er sein Manuskript wieder in Ordnung bringt.)

Verwünschter Kerl! Verwünschtes Haus! — Keine Minute Ruhe! — Nun ist die Begeisterung weg! — Wenn's auf meinem Stübchen nur nicht so kalt wäre! — Die Finger verkrümmen, indeß der Kopf dampft. Ich will's versuchen.
(ab durch eine Seitenthür)

Fünfter Auftritt.

Herr und Fr. Quick. Mistriß Johnson. Betty. Peter. Hanns. Christoph (mit Lichtern; kommen von der andern Seite.)

Fr. Quick. Schliesse den Herrschaften Numero zwey auf, Christoph! Laß abpacken, Hanns! (Hanns und Christoph ab) Mache gleich Feuer ins Kamin, Peter! Seyn Sie willkommen, Ihro Gnaden!

Quick. Ihro Gnaden sind bey uns wohl aufgehoben. Mein Haus ist, ohne Ruhm zu melden, das Beste in der Stadt.

Fr. Quick. Womit können wir Ihro Gnaden aufwarten? Befehlen Sie!

Betty. Unser Zimmer! Vor allen Dingen unser Zimmer!

Fr.

Fr. Quick. Wir werden die Ehre haben, Ihro Gnaden hinauf zu führen.

M. Johnson. Bemühen Sie sich nicht, Frau Wirthin.

Fr. Quick. Keine Mühe, Ihro Gnaden, unsre Schuldigkeit —

M. Johnson. Ich bitte —

Betty. Bleiben Sie, bleiben Sie! — Der Kellner wird uns anweisen. (Mißtriß Johnson, Betty und Peter ab durch die Mittelthür.)

Sechster Auftritt.

Herr und Frau Quick.

Fr. Quick. Die Frauenzimmer thun gewaltig spröde. Sie fürchten sich gewiß, wir setzen ihnen für unsern Weg ein Paar Groschen mehr an.

Quick. Wie du gleich schwatzen kannst!

Fr. Quick. Zwey Frauenzimmerchen, so mutterseel allein zu reisen! Um diese Jahrszeit! Das mögen die rechten seyn.

Quick. Schweig!

Fr. Quick. Wofür hältst du sie?

Quick. Was kümmert's mich? Sie haben einen schönen Wagen, schwer bepackt!

Fr. Quick. Ich will den Postillion fragen, wo sie herkommen.

Quick. Schade, daß du nicht Thorschreiber bist!

Fr. Quick. Sie kommen mir so ausländisch vor. Vielleicht gar Französinnen.

Quick.

Quick. Meinethalben. Wenn sie nur brav ver=
zehren!

Fr. Quick. Bey Französsinnen ist nicht viel zu
verdienen. Apropos vom Verzehren! Der schwarze
Mann will diese Nacht fort.

Quick. Glückliche Reise! Ich wünschte, der
Bettelpoet leistete ihm Gesellschaft. Man hat doch
nichts als Schaden und Aerger von ihm.

Fr. Quick. Schaden und Aerger? Ey, ich
dachte. Der arme Mensch! Er betrübt ja kein Kind.

Quick. Und bezahlt keine Kaze.

Fr. Quick. Aber ist doch so höflich und beschei=
den. Ich nehme mir hundertmal vor, ihn zu mah=
nen, und immer schließt er mir den Mund. Hat
er nicht diesen Morgen wieder einen allerliebsten
Vers auf mich gemacht, worinn er mich hinten und
vorne Schönsuschen titulirt?

Quick. Ich hätte den Teufel von seinen Versen.
Das ist verrufene Münze im Handel und Wandel.
Ich hab's nicht wegzuwerfen, um einen Hauspoe=
ten zu besolden, daß er dir zu Ehren Verschen macht.

Fr. Quick. Aber mach ihm doch kein Buben=
stück daraus! Was kann ich dafür, daß der arme
Mensch kein Geld hat?

Quick. (nachspottend) Schon wieder der arme
Mensch! Ja, ja, mit solchen Narrenspößchen kann
man euch Weibern den letzten Heller aus dem Beu=
tel locken.

Fr. Quick. Verse sind doch immer so gut, als
gar nichts.

Quick.

Quick. So gut als gar nichts! Wohl gesprochen! — Wo ist mein Buch? Ich muß dem schwarzen Mann sein Lausdeo auszehen.

Fr. Quick. Vergiß nur nichts!

Quick. Es steht alles im Buche.

Fr. Quick. Lieber zu viel als zu wenig! Er möchte dir abziehen.

Quick. Du wirst mich Rechnungen machen lehren.

Fr. Quick. Und Jakobs Aderlaße?

Quick. Laß mich nur machen, sag ich!

Fr. Quick. Still! Da kömmt eines von den fremden Frauenzimmern.

Siebenter Auftritt.

Betty. Vorige.

Fr. Quick. Was steht zu Ihro Gnaden Befehl?

Betty. Nichts zu befehlen. Ich lebe selbst nur von Gnade.

Fr. Quick. Ah! die Mamsell Kammerjungfer! Auch gut. Was belieben Sie denn?

Betty. Ich habe mit dem Herrn Wirth zu sprechen.

Fr. Quick. Mit meinem Mann? Kann ichs denn nicht ausrichten?

Quick. Wenn aber das Mamsellchen mehr Zutrauen zu mir hat? — Sieh nach deiner Küche! Daß die Herrschaften gut bedient werden! Geh!

Fr.

Fr. Quick. Mit meinem Manne? kurios! ganz kurios! (geht ab.)

Achter Auftritt.

Betty. Quick.

Betty. (ihr nach, halblaut) Kurios Sie selbst, Frau Wirthin!

Quick. Was steht zu Diensten, Mamsellchen?

Betty. Herr Wirth, haben Sie jetzt viel Paßagiers im Hause?

Quick. Fast niemanden. Das macht die Jahrszeit. Wege zum umkommen. Wetter, daß man keinen Hund hinaus jagte. Wer jetzt reist, den muß es brennen. Doch das gilt Ihnen nicht, Mamsellchen. — Aussser Ihnen — logirt niemand bey uns als — ein Poet, den ich nicht rechne, weil ich ihn gratis füttere, und der schwarze Mann.

Betty. Der schwarze Mann?

Quick. (lachend) Ja, das ist ein Spottname, den ihm meine Frau und Kinder aufgehängt haben, die losen Vögel! weil er von der Sohle bis zum Scheitel schwarz ist. Sogar schwarze Perücke.

Betty. (aufmerksam) Schwarze Perücke? Und wissen Sie nicht, wie er heißt?

Quick. Ich weiß weder wie er heißt, noch wo er her ist.

Betty. Wenn's der Mann wäre, den wir suchen!

P   Quick.

Quick. Suchen Sie jemanden? O, er thut gerade das Gegentheil. Er läuft vor der ganzen Welt. Seit vierzehn Tagen hab ich ihn im Hause, und weiß kaum, wie er aussieht. Bey Tische stößt er mit der Nase fast auf seinen Teller, um uns nur nicht anzusehen. Sonst ein braver Herr! Ich mag ihm Essen auftragen, kalt oder warm, viel oder wenig. Er sagt kein Wort. Aber alles sein Thun und Lassen ist so abentheuerlich, daß meine Jungen gleich zu Kreuze kriegen, sobald ich ihnen mit dem schwarzen Manne drohe.

Betty. Das muß ich meiner gnädigen Frau wiedersagen.

Quick. Warum?

Betty. Ich wette, daß es unser Herr ist!

Quick. Wie?

Betty. Sie wissen nicht, ob er eine Frau hat?

Quick. Gehn Sie! Die Frau, die den nähme, müßte den Heyrathsteufel haben!

Betty. Reden Sie davon nicht, Herr Wirth! Ein armes Mädchen, das keine Wahl hat, das unterm Joche einer Stiefmutter seufzt, das Gefahr läuft alte Jungfer zu werden! Ach, da nimmt man's nicht so genau. Man greift zu, und wenn sich ein Bär meldete.

Quick. In dem Falle könnten Sie wohl Ihren Herrn gefunden haben. Denn er hat viel Bärenartiges.

Betty. Ist er jung?

Quick. Weder jung noch alt.

Betty. Groß?

Quick.

Quick. Von Mittelſtatur.
Betty. Dick?
Quick. Nicht zu viel noch zu wenig.
Betty. Alles trift ein. Ein Paar ſtiere Augen?
Quick. Als wollten ſie einen durchboren.
Betty. Von dicken Augenbraunen überſchattet?
Quick. Dick wie ein Wald, und rabenſchwarz.
Betty. Zug für Zug der nämliche, dem wir ſeit ſechs Wochen nachlaufen.
Quick. Nachlaufen? Sind die Männer bey Ihnen ſo ſelten, oder die Weiber ſo gutherzig? Verzeihung! Aus welchem Lande ſind Sie denn?
Betty. Wir ſind Engländerinnen. Der ſchwarze Mann, wie Sie ihn nennen, heißt Johnſon. Es kann kein andrer ſeyn, als er.
Quick. Und wie kömmt es, daß —
Betty. Daß er uns verlaſſen hat?
Quick. Unfriedliche Ehe? Gewiſſe kleine Nebenurſachen ohne Zweifel?
Betty. Nichts weniger. Drey Jahre gings vortreflich. Auf einmal wurd' er rappelköpfiſch, ſchmollte mit der Frau, brummte mit mir, griesgramte mit ſeinem Bedienten, ſah ſein Kind, einen Jungen, wie Kupidos Bruder, nicht mehr im Wege an; mit einem Worte, er bekam den Spleen.
Quick. Und war nicht davon zu befreyen?
Betty. Bäder und Brunnen halfen nichts. Man ſchlug ihm Veränderung der Luft vor. Er ging nach Holland, und kam glücklich in Amſterdam an. Sechs Monate ſind es nun, daß wir keine Silbe von ihm gehört haben. Miſtriß Johnſon ſchreibt

Brief auf Brief, und bekömmt keine Antwort. Sie hat keinen Mann, und ist doch nicht Wittwe. Ist das nicht hart? Ist es uns zu verübeln, daß wir, dieses Zustandes überdrüßig, uns selbst auf den Weg machten —

Quick. (lächelnd) Um seinen Todtenschein zu holen?

Betty. Wir sind auf alles gefaßt. — In Amsterdam war er nicht mehr zu finden. Es hieß, er wäre nach Deutschland abgereist. Ein schlimmes Zeichen! Wenn sich's mit ihm gebessert hätte, wäre er gewiß nicht weiter gegangen. Lebt man denn mit der Krankheit lange, Herr Wirth?

Quick. Damit kann ich nicht dienen. In meiner Familie ist sie nicht hergebracht.

Neunter Auftritt.

Peter. Vorige.

Peter. Mamsellchen, die gnädige Frau hat geklingelt.

Betty. Ich komme gleich. (zu Quick) Herr Wirth, kann ich den schwarzen Mann nicht zu sehn bekommen?

Quick. Das wird schwer halten. Er ist so leutescheu. — Doch ein Vorschlag! Tragen Sie ihm das Abendessen auf! — Aber er läuft vor einem Weiberrocke, das weiß ich schon.

Betty.

Betty. Denken Sie doch ein Mittel aus, Herr Wirth! Ich gehe indessen zu meiner Herrschaft.
       (geht ab.)

Zehnter Auftritt.

Quick. Peter, (der einen Brief besieht.)

Quick. Was hast du da?
Peter. Einen Brief vom schwarzen Manne. Ich soll ihn auf die Post tragen.
Quick. Einen Brief? — Gieb mir ihn! (liest die Aufschrift) á London. (für sich) Auch der Umstand trift ein. (zu Petern) Besorge den Tisch! Ich will den Brief besorgen.

Elfter Auftritt.

Frau Quick. Quick.

Fr Quick. (das Kontobuch unterm Arm) Quick, Quick! Ich weiß alles. Die Dame hat mir alles erzählt. Sie ist Engländerin. Sie hat einen Mann. Sie weiß nicht, was aus ihm geworden ist. Er hat sie nach drey Jahren sitzen lassen. Er hat eine Krankheit — warte! wie heißt sie doch? — Splan — Splen — Splin — richtig! Splin — es soll eine närrische Krankheit seyn, so närrisch, daß die Leute sich selbst am Ende so ruhig den Hals abschneiden, als unser eines einer Taube.
Quick. Hast du nicht geruht, Frau, bis —
            Fr.

Fr. Quick. O, ich habe mir gar keine Mühe darum gegeben. Sie hat mirs von freyen Stücken erzählt. Aber freylich als ein Geheimniß!

Quick. Das ist wohl verwahrt.

Fr. Quick. Immer besser als bey dir. — Hier ist auch dein Buch! Sieh recht nach! Hörst du, Quick? Rechne lieber zweymal nach! — (das Folgende im hin und hergehen) Die Dame hat mich wieder zu sich bestellt. Sind die letzten zwey Bouteillen Wein eingetragen? Ist sonst nichts vergessen? Thue doch auch einen Gang in die Küche! Die Köchin soll den Braten nicht verbrennen! Und den Pudding für den schwarzen Mann! Eine Kirschsauce. Nicht zu dünn und fein schaumricht! Hörst du, Quick? (geht ab)

Zwölfter Auftritt.

Quick (allein.)

(ihr nachspottend) Tati tata tati tata! Das schwazt, das gackert den lieben langen Tag, und läuft und trippelt — und thut doch nichts. —— (sieht den Brief wieder an) Der Brief könnte uns freylich am besten Licht geben. (liest die Aufschrift) An ein Frauenzimmer ist er nicht — a Monsir Monsir Murray — mag vielleicht ein guter Freund von ihm seyn — Ich hätte grosse Lust ihn aufzumachen — Steht nichts darin — Ih nu! so ists auch kein Unglück, ihn zu unterschlagen — Ich wags. — (erbricht ihn) Ha! — (will ihn lesen, und

und kann nicht) Das geschieht mir recht — Ich, dummer Teufel! — Konnt', es vorher wissen — Was mach' ich nun?

Dreyzehnter Auftritt.

Flickwort. Quick.

Flickwort. Ihr Diener, Herr Quick.
Quick. (verdrüßlich) Ihr Diener!
Flickwort. Ah, Sie sind in Geschäften. Ich komm' ein andermal wieder. (will ab)
Quick. (für sich) Ih, unser Hauspoet weiß ja sonst alles — Er soll mir ihn verdollmetschen. (ruft) Herr Flickwort! Herr Flickwort!
Flickwort. Rufen Sie, Herr Quick?
Quick. Ja. Hören Sie doch! Sie, der Sie alles können, können Sie englisch lesen?
Flickwort. Nur lesen? Ich kann mehr. Ich übersetze.
Quick. Hier ist etwas — Uebersetzen Sie!
Flickwort. (den Brief nehmend) Die englischen Dichter sind von jeher meine Lieblingskost gewesen.
Quick. (auf seinen Bauch klopfend) Englisches Rosbeef ist mir lieber.
Flickwort. Ich habe Popens Geist erhascht.
Quick. Sie sehen auch aus, wie ein Geisterjäger.
Flickwort. Ich habe Shakesspears Meisterstücke umgearbeitet.

Quick,

Quick. Ein Meisterstück umarbeiten, heißt sonst — es verpfuschen.

Flickwort. Ich habe manchen armen Prinzipal durch ein englisches Lustspiel aus dem Wasser gezogen.

Quick. Und können selbst weder baden noch schwimmen!

Flickwort. Die Musen leben mit dem Glück im Krieg.

Quick. Machen Sie Frieden mit ihm!

Flickwort. Soll ich Ihnen noch einmal sagen, daß —

Quick. Sagen Sie mir lieber, was in dem Briefe steht! Sie werden mich sehr verbinden.

Flickwort. Mit Vergnügen. Denn ich habe Ihnen so viel Verbindlichkeiten, daß — (setzt eine Brille auf, um zu lesen) Apropos, hat Ihnen Ihr liebes Weibchen etwas von meiner Arbeit gezeigt?

Quick. Ich wünschte, sie hätte mir etwas von Ihrem Gelde zu zeigen.

Flickwort. Herr Quick, die Verse sind Goldes werth.

Quick. Für den Kenner. Ich bin weder Kenner noch Liebhaber. — Ich bitte um den Brief.

Flickwort. Den Augenblick! (setzt seine Brille wieder auf) Mir fällt eine Bemerkung ein.

Quick. Heben Sie sie auf!

Flickwort. Wie fingen Sie's an, ihn zu lesen, wenn Sie mich nicht hätten? —

Quick. Wenn — wenn — machen Sie ein Ende! mein Braten verbrennt.

Flick=

eine Poße.

Flickwort. Was in dem Briefe steht, wollen Sie wissen? (setzt wieder auf, und thut als ob er läse) Br br br — Ah! Ah!

Quick. Nun?

Flickwort. Br.. Br.. Br.. Den Henker!

Quick. Was denn?

Flickwort. Br.. br.. 20000 Pfund Sterling.

Quick. Was beliebt?

Flickwort. Herrliche Zeitungen, Herr Quick!

Quick. Nun?

Flickwort. (giebt den Brief wieder) Man schreibt Ihnen aus England, daß einer Ihrer Verwandten gestorben ist, und Ihnen 20000 Pfund vermacht hat.

Quick. Das schreibt man mir?

Flickwort. Ja.

Quick. Mir?

Flickwort. Ihnen.

Quick. Aus England?

Flickwort. Aus England.

Quick. (lacht laut)

Flickwort Sie haben gut lachen. Ich gönn Ihnen Ihr Glück. Von Herzen gönn ichs Ihnen, und will Ihrem lieben Weibchen in Versen dazu gratuliren.

Quick. Sind Sie klug, Herr Flickwort? Wie käm ich zu einer Erbschaft in England? Ich habe weder Hund noch Katze dort. Und der Brief kömmt gar nicht daher.

Flickwort. Er kömmt nicht daher?

Quick. Nein, umgekehrt. Er geht erst hin.

Flickwort. Warum sagten Sie das nicht gleich?

Quick. Ey, ey, Herr Flickwort; Ihr Geist muß eben so mager seyn, als Ihr Körper, wenn er sich nur von englischen Dichtern genährt hat.

Flickwort. Die Dichter haben ihre eigene Sprache.

Quick. Ha! darum versteh ich nie ein Wort von dem, was Sie mir vorlesen.

Flickwort. Ich werde meine Arbeiten nicht mehr entheiligen. — Aber, Herr Quick, ich kam Sie um etwas zu bitten.

Quick. In Bitten sind Sie unerschöpflich.

Flickwort. Kennen Sie die Damen, die eben angekommen sind?

Quick. Es sind Engländerinnen. Was weiter?

Flickwort. Eine von ihnen ist — werth besungen zu werden. — Ob sie wohl ein kleines Boukel von meiner Arbeit annähme?

Quick. Sie fragt den Guckuck nach Versen; Sie hat ihren Mann verloren.

Flickwort. Der Verlust ist leicht zu ersetzen.

Quick. Still! da kommen sie.

Vierzehnter Auftritt.

Mistriß Johnson. Betty. Vorige.

Betty. Herr Wirth, ich habe meiner Madam soviel von Ihrem ausserordentlichen Fremden erzählt, daß Sie begierig ist, Sie selbst auszufragen.

Quick.

Quick. Ah, unsern schwarzen Mann meynen Sie.

Betty. Nach allen Umständen ist er unser Landsmann, wo nicht gar der, den wir suchen.

Quick. Hier hab ich einen Brief von ihm. Vielleicht kennen Sie die Hand? (giebt Mistriß Johnson den Brief)

M. Johnson. (mit einem Schrey) Betty!

Betty. (schnell in den Brief blickend) Seine Hand, so wahr ich lebe!

Quick. Das wäre! —

Betty. (in die Hände klatschend) Gefunden! Gefunden!

Quick. (indeß Mistriß Johnson liest) Sie zittern, gnädige Frau — Hier ist ein Stuhl! — Lieber Himmel! Sie nehmen sich den Schrecken — die Freude wollt' ich sagen — zu nahe —

M. Johnson. (die indessen den Brief gelesen hat, durch welchen sie erfährt, daß ihr Mann sich umbringen will, thut einen Schrey, und sinkt ohnmächtig auf den Stuhl.)

Betty. (M. Johnson beystehend) Madam! — Herr Wirth, rufen Sie um Hülfe!

Quick. (läuft an die Thüre und ruft) He! Frau! Frau! Suse! Suse! — (wiederkommend) Ist das nicht ein Spektakel um einen wiedergefundenen Mann!

Fünfzehnter Auftritt.

Frau Quick. Vorige.

Fr. Quick. Wer ruft? Was giebts?

Quick. Dein Riechgläschen! Madam liegt in Ohnmacht.

Fr. Quick. Ih, du mein Himmel! — gleich! gleich! — (sucht in allen Anhänge= und Rocktaschen) Warte! — hier! — Ich habs nicht bey mir — Quick! — Quick! Lauf in meine Kammer! — Nein bleib! — Vieleicht im Unterrocke — Auch nicht — Geh nur! — Im Schränkchen rechter Hand — Da ist der Bettel doch. — (ziehts aus der Tasche des Unterrocks hervor, und giebts Betty)

Quick. Soll ich gehen oder bleiben?

Fr. Quick. (zu Betty, die das Gläschen M. John=son vor die Nase hält) Giessen Sie lieber etwas aufs Tuch! —

Betty. (will das Gläschen ausgiessen) Es geht kein Tropfen heraus.

Fr. Quick. Kein Tropfen? Das ist nicht mög=lich. (schüttelt das Riechfläschchen) Ich habs erst gestern gefüllt. Die verzweifelte Nachbarin mit ih=ren Krämpfen! Ich will gleich Vorrath holen.

(Ab.)

Sechszehnter Auftritt.

Vorige, ohne Frau Quick.

Quick. Meine Frau machts wie die Aerzte. Sie läßt die Leute sterben, indem sie sie wieder aufwecken will.

Flickwort. (der mit allen Zeichen der Begeisterung zusieht) Eine unvergleichliche Scene!

Siebenzehnter Auftritt.

Frau Quick. Vorige.

Fr. Quick. (kommt athemlos mit einem Fläschgen wieder, und hälts M. Johnson zu riechen vor) Was ist Ihnen denn begegnet? Wie ists zugegangen? So plötzlich? Sind Sie zu Ohnmachten geneigt?

Quick. Ah, der fatale Brief, der! (hebt ihn auf, und giebt ihn Betty) Sehen Sie doch, was er fürchterliches enthält! Droht ihr etwann der Mann, nach England zurück zu kehren? (zu M. Johnson, indem Betty liest) Gehts besser, Ihro Gnaden?

Betty. (im Lesen) Was seh ich? Er verlangt, sie soll wieder heyrathen.

Quick. Da seh ich kein Unglück.

Betty. (im Lesen, mit einem Schrey) Gott steh uns bey!

Quick. (greift zu) Mamsellchen! Fallen Sie mir nicht auch um!

Betty.

Betty. (will ab) Herr Wirth, lassen Sie uns eilen, oder er ist todt.

Quick. Wer?

Betty. Herr Johnson.

Quick. Wie?

Betty. Diesen Abend —

Quick. Diesen Abend? Nun?

Betty. Erschießt er sich.

Quick. Erschießt sich!

Fr. Quick. (mit einem Schrey) Erschießt sich! Wer? Um's Himmelswillen wer?

Quick. Erschießt sich! In meinem Hause! Das will ich mir verbitten. Er thu' es, wo er Lust hat. Nur bey mir nicht!

Fr. Quick. Aber wer denn?

Quick. Ih, der schwarze Mann. Hörst du nicht?

Fr. Quick. Der schwarze Mann!

Betty. Kommen Sie nur, Herr Wirth! Wir wollen ihn überfallen, wir wollen —

Quick. Schönen Dank! Daß er mich für den Unrechten ansähe! Was sagen Sie, Herr Flickwort?

Flickwort. Ich sage — daß es ein gefundener Stoff zu einem Drama ist. Nur wegen der Katastrophe bin ich zweifelhaft.

Quick. Mord und Todschlag steht uns bevor, und Sie bringen solchen Firlefanz aufs Tapet. Ein Poet ist und bleibt doch eine unnütze Möbel.

Acht-

Achtzehnter Auftritt.

Peter. Vorige.

Peter. Herr Wirth, der schwarze Mann will Sie sprechen.

Quick. (erschrocken) Was will er von mir? — Er soll dir s auftragen. — Ich gehe nicht zu ihm.

Betty. Aber, lieber Herr Wirth! Wenn ich Sie begleite —

Fr. Quick. Nein, ich laß ihn nicht hingehen! Haben Sie auch recht gelesen, Mamsellchen? Ich kann mir nicht einbilden, daß ein Mensch sich, mir nichts dir nichts, aus der Welt schaffen will.

M. Johnson. (die sich indessen erholt hat) Ach, leider ist es nur zu wahr. Führen Sie mich auf sein Zimmer! Mein Anblick bringt ihn vielleicht zur Vernunft zurück. Er soll von seinem schrecklichen Vorhaben abstehen — oder mich voranschicken.

Betty. (ängstlich) Ach, liebe Madam!

Flickwort. (für sich) Schön! Das ist die Auflösung des Knotens.

Quick. Schicken Sie ihn ins Irrhaus! das ist mein Rath.

M. Johnson. Ums Himmels willen kein Aufsehen! Ich kann nicht stille und behutsam genug zu Werke gehen!

Fr. Quick. Aber Arzt und Feldscheerer brauchen wir doch?

M. Johnson. Gott behüte! Wozu?

Flick-

Flickwort. Weg damit! Das sind keine Personen fürs Drama.

Quick. Was schwatzt er?

Flickwort. Hören Sie! Ich gehe eben mit einem Projekte schwanger, von dem ich mir Wunderdinge verspreche.

Quick. Das ist?

Flickwort. Sie sollen sehen, daß ein Poet keine so unnütze Möbel ist, als Sie glauben.

Fr. Quick. Ja doch! Lassen Sie nur hören!

Flickwort. Geduld! (zu Quick) Machen Sie, daß ich mit ihm zu Nacht speise!

Quick. Mit dem Menschen wollen Sie zu Nacht speisen?

Flickwort. Mit dem Teufel, wenn er gut aufschüsselt.

Fr. Quick. Aufschüsseln wollen wir.

Flickwort. Ich bereit' ihm einen Auftritt, den er nicht vermuthet. Bluten soll er unter meiner Geißel, oder unter meinem Dolche; und seinem Blute Luft machen, heißt ihm retten. — Aber Sie müssen mich unterstützen, Madam! Sie haben die Hauptrolle.

M. Johnson. (empfindlich) Mein Herr, ich verbitte Ihre Bemühungen.

Betty. Ih, Madam, verstehn Sie sich doch nur dazu!

Fr. Quick. Thun Sie's! Mit Herrn Flickwort hats keine Gefahr.

Flickwort. Vor allen Dingen erholen Sie sich! Sobald mein Projekt ausgeheckt ist, hab ich die Ehre

aber schlagen, euch Nießwurz verordnen, ihr Narren! —

Vierter Auftritt.

Johnson. Quick. Flickwort. Peter und Aufwärter, (welche die Speisen auftragen.)

Quick. (den Punsch auftragend) Nur herein, Herr Flickwort. (zu Johnson) Gnädiger Herr, hier ist der Herr, von dem ich Ihnen gesagt habe, und noch ein Gedeck.
Johnson. Laß uns allein!
Quick. Befehlen Sie niemanden zur Aufwartung?
Johnson. Wir brauchen keine Spionen.
Quick. (heimlich zu Flickwort) Guten Appetit! (schleicht auch ins Kabinet)
Flickwort. Bedarf des Wunsches nicht.

Fünfter Auftritt.

Johnson. Flickwort.

Flickwort. (für sich, zieht ein Fernglas hervor, um den Tisch von weitem zu betrachten) Die kalte Pastete riecht vortreflich — und Rebhühner! Rebhühner!
Johnson. (geht nach der Thüre, und riegelt zu; öffnet hierauf den Schrank, um etwas zu holen) Herr Poet,

Poet, ich will Sie auch mit meiner Kocherey traktiren.

Flickwort. (für sich) Und ich dich mit der meinigen.

Johnson. (setzt eine zugedeckte Schüssel auf den Tisch.)

Flickwort. (lächelnd) Doch kein Gericht á la Duc de Chartres? Kleine Würste mit brennbarer Luft gefüllt?

Johnson. Errathen.

Flickwort. Ich bin äusserst begierig — neugierig wollt' ich sagen.

Johnson. Setzen Sie sich!

Flickwort. (setzt sich, und seufzt vor Ungeduld nach der Mahlzeit.)

Johnson. Worüber seufzen Sie?

Flickwort. Ueber mein Vaterland.

Johnson. Was hat es Ihnen gethan?

Flickwort. (sich ereifernd) Was es mir gethan hat? Was es mir gethan hat? — Darf ich Ihnen von der kalten Pastete vorlegen?

Johnson. Nehmen Sie nur selbst!

Flickwort. (indem er sich vorlegt, und hastig zu essen anfängt) Herr! Athen schickte seine grossen Männer ins Elend, Rom ächtete die seinigen — aber wie Deutschland gegen sein eignes Fleisch und Blut wütet!

Johnson. Nun?

Flickwort. Mit Erlaubniß! Der Punsch möchte erkalten. (schenkt Johnson und sich ein) O, Undank!

dank! (indem er trinkt) Schwarzer — unerhörter — himmelschreyender Undank!

Johnson. Was denn?

Flickwort. Darf ich mir noch von der Pastete ausbitten?

Johnson. Ja, aber nur unter der Bedingung, daß Sie mir versprechen, von allen Schüsseln zu kosten.

Flickwort. O, auf mein Wort, ich schenke Ihnen keine, und am wenigsten die mittelste. (zeigt auf die Verdeckte)

Johnson. (für sich) Der Mensch hat keine Lust zu sterben. Er ißt und trinkt noch zu gerne. (laut) Nun, Herr Poet? Ihre Geschichte?

Flickwort. Meine Geschichte? — Man hat Ihnen doch gesagt, wer ich bin. Kein bloßer Almanachsversemacher, kein sogenannter schöner Geist. Ich bin ein Genie. Mein eigentlicher Beruf ist das Theater — das Theater!

Johnson. Der Beruf muß nicht weit her seyn, da er Sie nicht vor dem Mangel schützt.

Flickwort. (eifrig) Dieser Mangel ist mein Stolz — ist die Schande meiner Feinde. Die Nachwelt wird mich rächen. Meine Verdienste sind nicht für dieses Jahrhundert. — Vortrefliche Rebhüner!

Johnson. Worin bestehen denn diese verkannten Verdienste?

Flickwort. Herr! Lassen Sie mich ein so bitteres Andenken im süßen Punsch ertränken. (trinkt) Man warf meinen Landsleuten bis hieher vor, daß

sie

sie bey ernsthaften Stücken gähnten, und bey rührenden lachten; daß es ihnen nicht um Erholung des Geistes, sondern nur um Erschütterung des Zwergfells zu thun wäre, daß man, Gottscheds Schatten zum Trotze, den verbannten Hannswurst mit bunter Jacke und Pritsche wieder einführen müßte, um die Schauspielhäuser zu füllen, und den Bankerotten der Prinzipalen zu steuern. Aber da lag der Hund nicht begraben. Das deutsche Publikum ist so tragisch als eines. Aber es liebt das Starke, das Ungeheure. Es will nicht seufzen, sondern schluchzen, nicht schaudern, sondern erstarren. Dank sey meinen Bemühungen! Gift, Feuer und Schwerdt sind ihm alltägliche Dinge geworden. Es badet sich im Blute; es lustwandelt auf Leichnamen und Schädeln; es spottet der nüchternen Franzosen, deren Nerven eben so schwach sind, als ihre Köpfe. — Die Engländer waren unsre Lehrer, und bald — ja, mein Herr, es thut mir leid um Ihre Nation — bald werden sie Schulknaben gegen uns seyn. Auch wir haben Tollhäusler und Gespenster, Exekutionen und Schlachten. Auch unsre Stücke springen von einer Zone zur andern, und tanzen auf der Stufenleiter des Menschenalters. Ich habe einen Ravaillac in meinem Pulte, der auf dem Theater geviertheilt wird, und einen Washington, der in Boston anfängt, und in Petersburg schließt. — (trinkt) Dies, mein Herr, sind meine Verdienste um das Theater — und dies — (indem er auf seine leeren Taschen schlägt) ist mein Lohn! — Ich bitte um den Pudding. (Ueberhaupt

sind

sind dem Schauspieler bey dieser Tirade alle Lazzi von Essen und Trinken erlaubt, die der Deutlichkeit und dem Feuer des Vortrags nicht schaden) Theaterunternehmer und Buchhändler sind durch mich Kapitalisten geworden, und ich selbst habe nichts — als Lorbeern — und Schulden. (trinkt)

Johnson. Ihr Wirth ist bezahlt.

Flickwort. O, ich weiß, mein Herr, daß Ihre Großmuth gegen mich allen Ausdruck übersteigt; Sie haben eine verlassene Muse in Schutz genommen, eine weinende Muse getröstet —

Johnson. Eine hungrige Muse gespeist, weiter nichts.

Flickwort. Als Beschützer der Talente geruhen Sie auch sich das Opfer eines Drama gefallen zu lassen, das ich Ihnen unverzüglich zu Füssen legen will.

Johnson. Ich bücke mich nicht gerne.

Flickwort. Es ist das non plus ultra meines Geistes.

Johnson. Das macht mich nicht begieriger darnach.

Flickwort. Darf ich Ihnen eine Probestelle vorlesen?

Johnson. Ich verstehe mich nicht auf deutsche Werke.

Flickwort. Mein Drama ist so gut als ein englisches Original.

Johnson. Und heißt?

Flickwort. Der schwarze Mann.

Johnson. (hohnlächelnd) Der Titel verspricht viel.

Flickwort. Es ist ein Britte, der Vaterland, Verwandte und Freunde verläßt, um in Deutschland den Tod des Kato zu sterben. (Johnson stutzt) Seine Frau, die ihm nachgereist ist, trifft in eben dem Gasthofe, an eben dem Tage ein, den er zu dieser Katastrophe bestimmt hat.

Johnson. Lassen Sie doch das Ding hören!

Flickwort. (auf die verdeckte Schüssel zeigend) Darf ich mich vorher an diese Schüssel wagen?

Johnson. Nach Belieben.

Flickwort. (deckt die Schüssel auf, erblickt zwey Pistolen, läßt den Deckel vor Schrecken fallen, springt auf, und läuft in eine Ecke des Theaters)

Johnson. Was ist Ihnen? Diese Ingredienzien können Sie doch nicht befremden, Herr Dramenmacher. — Würste mit brennbarer Luft gefüllt. — Nun? Keinen Appetit?

Flickwort. Ich muß nicht von Allem haben.

Johnson. Was haben Sie mir versprochen?

Flickwort. Ich habe mir schon den Magen überladen.

Johnson. Entladen Sie ihn durch Vorlesung Ihres Drama!

Flickwort. So bald die Maschinen vom Tische sind.

Johnson. O, die bleiben zum Nachtisch. Wir wollen uns darein theilen.

Flickwort. Allzugütig! Ist das die Reise, auf der ich die Ehre haben soll, Sie zu begleiten?

John-

Johnson. Ja. Aber geniren Sie sich um meinetwillen nicht! Ich reise eben so gern allein.

Flickwort. Wenigstens haben Sie keine Spitzbuben zu fürchten. — Mein Herr! Haben Sie auch überlegt —

Johnson. Herr Poet, ein Mann, wie ich, stirbt nicht ohne Ueberlegung. Ich habs in der Galere vierzig Jahre ausgehalten. Sie will nicht von selbst leck werden. Gut! Ich bore sie an.

Flickwort. (zieht seine Schreibtafel hervor) Die Metapher muß ich aufschreiben, um sie im schwarzen Mann anzubringen.

Johnson. Ja, Herr Poet, sobald die Glocke zwölf brummt, gehts von dannen, und wenn Sie klug sind, machen Sie gemeine Sache mit mir. Denn welche Figur spielen Sie auf der Welt?

Flickwort. Eine glänzende freylich nicht.

Johnson. Die erbärmlichste, die sich denken läßt. Die Grossen verachten Sie. Die Kleinen machen sich über Ihr Elend lustig. Der Tod selbst hälts nicht der Mühe werth, Sie zu holen; und Sie haben nicht einmal das Herz, ihm zuvorzukommen?

Flickwort. (für sich) Ich muß ihm nur Recht geben. (laut) Sie öffnen mir die Augen. Ich sehe ein, daß mich der Tod durch diese Geringschätzung offenbar beschimpft. Es ist ein Schuft, dem man die Spitze bieten muß, um ihm Mores zu lehren.

Johnson. Dahin wollt' ich Sie haben. Gestehen Sie nur, daß Sie mich sehr nöthig hatten!

Flickwort. (beyde Hände über den Magen gefaltet) O, recht sehr nöthig.

Johnson. Gute Kameradschaft auf der Reise! (sie trinken) Heisa! Lustig!

Flickwort. Heisa! Lustig! Schade, daß wir keine Musik bey der Hand haben, um nach dem Takte zu sterben. Ich wette, daß man aus unserm Todtenstückchen einen englischen Tanz machte.

Johnson. (sieht nach der Uhr) Noch vierzig Minuten! Wir wollen sie mit dem schwarzen Manne verkürzen.

Flickwort. (zieht aus beyden Taschen, und aus dem zugeknöpften Rock und Weste Papiere hervor.) Mit Vergnügen. Hier ist der erste Akt, hier der zweyte, hier der dritte, hier der vierte und letzte. — Erlaubniß, daß ich erst meine Sprachwerkzeuge anfeuchte. — (trinkt, und fängt nachher an zu lesen) „Der schwarze Mann. Drama in vier Aufzügen, und in Prosa. Ich wollt' es erst versifiziren. Aber unsre Schauspieler rühren keine Verse mehr an. Personen: Johnson."

Johnson. (verwundert) Wie?

Flickwort. Ich habe mit Vorbedacht bekannte englische Namen gewählt, um der Begebenheit mehr Wahrscheinlichkeit zu geben. „Mistriß Johnson."

Johnson. Mistriß!

Flickwort. „Seine Frau. Betty, ihr Kammermädchen. Tom —"

Johnson. Was hör ich?

Flickwort. „Ein Kind von drey Jahren —" letzte Triebfeder, die Mistriß Johnson spielen läßt,

Ehre es Ihnen vorzulegen. (M. Johnson und Betty ab) Sie, Herr Quick, melden mich unterdessen bey ihm an.

Quick. Ich wills wagen, aber nicht ohne Bedeckung. Komm, Peter! (ab mit Petern)

Flickwort. (sich wieder zu M. Johnson wendend) Noch eins, Madam! — Sie ist fort!

Fr. Quick. Was soll sie?

Flickwort. Wissen Sie's nicht? Ist sie Mutter?

Fr. Quick. Ja.

Flickwort. Hat sie ihr Kind bey sich?

Fr. Quick. Nein!

Flickwort. Schade! — Doch stille! — Die Erdichtung vermählt sich oft mit der Wahrheit, um die Täuschung auf das äusserste zu treiben. Lassen Sie mich machen! Ich schaff ihr ein Kind! Ich schaff's ihr.

Fr. Quick. Das möcht' ich sehen.

(gehen ab.)

Ende des ersten Aufzugs.

Zweyter Aufzug.

(Johnsons Zimmer. Zur Rechten der Eingang; zur Linken die Kabinetsthür; im Hintergrunde ein Schrank, vor demselben ein gedeckter Tisch; vorne ein Schreibtisch, an welchem Johnson sitzt, und schreibt.)

Erster Auftritt.

Johnson (allein.)

(schreibend) „Forscht nicht nach der Ursache mei=
„nes Entschlusses! Fragt man den müden Packträ=
„ger, warum er seine Last abwirft, oder den er=
„fahrnen Schiffer, warum er vor dem Sturme
„landet?"

Zweyter Auftritt.

Quick. Peter. Johnson.

Quick. (in der Thüre zu Petern) Stehe hier Schildwache! (leise hereintretend, für sich) Er schreibt. (Peter bleibt vor der halb offnen Thür stehen)

Johnson. (fährt fort zu schreiben) „Scharrt
„mich ein, wo und wie ihr wollt! Wir sind Va=
„sal=

„fallen der ganzen Erde; das Grab ist unser Lehn,
„das Ceremonial dieser Beleihung — Thorheit."

Quick. (im Hintergrunde.) Vermuthlich sein Testament.

Johnson. „Meinen Jungen, wenn er mir
„wirklich das Leben zu danken hat, bitt' ich ihn
„wegen dieses traurigen Geschenkes de— und weh=
„müthigst um Verzeihung. Ist er mein Sohn, so
„wird er von mir lernen, dessen los zu werden.
„Meiner Frau schenk ich die hergebrachten Thränen
„und Wehklagen. Gerne erließ ich ihr auch die
„Trauer, wenn nicht jede Wittwe sie tragen müß=
„te, um das Publikum zu benachrichtigen, daß sie
„zu verkaufen ist. Dem Wirthe dieses Hauses —

Quick. Horch! das bin ich. (schleicht ein wenig näher.)

Johnson. „Laß' ich den ganzen Plunder, den
„ich bey mir habe. Ich will aus der Welt gehen,
„wie ich herein kam. Ich dank ihm —

Quick. Wofür?

Johnson. „Für die Absicht, mich durch seine
„Brühen zu vergiften —

Quick. Das gilt mir nicht.

Johnson. „Ist es ihm gleich nicht gelungen,
„so verdient doch sein guter Wille eine Erkenntlich=
„keit von hundert Guineen.

Quick. Und doch gilt mirs.

Johnson. „Das ist mein letzter Wille."

Johnson.

Quick. Ich muß ihn stören. (läßt etwas vom Tische fallen.)

Johnson. (hört Geräusch, sieht sich um, stutzt darüber, daß er nicht allein ist) Wer ist da?

Quick. (laut, aber furchtsam) Ihr unterthänigster Diener.

Johnson. Bist du's, Quick? Schon lange hier?

Quick. Verzeihn Sie! den Augenblick tret ich herein.

Johnson. Komm, setze dich zu mir! Laß uns eins plaudern, Freund Quick!

Quick. (zurückweichend) Sehr verbunden! Ich habe keine Zeit. (für sich) Zum Henker mit der Freundschaft!

Johnson. Quick!

Quick. Gnädiger Herr?

Johnson. Diese Nacht reise ich.

Quick. (für sich) Eine verteufelte Reise!

Johnson. Bringst du mir die Rechnung?

Quick. Ja.

Johnson. Gieb her!

Quick. (reicht sie ihm von weitem) Hier, gnädiger Herr!

Johnson. Du hast doch nichts vergessen?

Quick. Das ist mein Fehler nicht.

Johnson. Und alles billig angesetzt?

Quick. So billig, daß ich mir keinen Heller abziehen lassen kann. Auf Ehr und Reputation!

Johnson. Ich bin nicht gewohnt zu knickern.

Quick. Das weiß ich.

Johnson. (liest nach) Was heißt das? „Eine Aderlaße für den kleinen Jakob."

Quick.

Quick. Ach, gnädiger Herr, daran hab ich keinen rothen Heller. Sie kostet mich baar acht Groschen, so wahr ich Quick heisse. Fragen Sie den Feldscheer!

Johnson. Ich frage nicht, wie viel sie kostet, sondern wie sie auf meine Rechnung kömmt.

Quick. Weil — weil der arme Junge Ihnen auf dem Gange begegnete, und da sahen Sie ihn so starr an, und da hatt' er einen Schrecken, daß wir ihn für todt hielten, und da liessen wir ihm Ader, und da können Sie doch nicht verlangen, daß wirs aus unserm Beutel bezahlen, da der Junge ohne Sie in seinem Leben nicht Ader gelassen hätte.

Johnson. Sehr billig. — Summa Summarum?

Quick. Funfzig Thaler. Das Trankgeld ins Haus steht im hohen Belieben.

Johnson. Schon gut. Ich will lauter freundliche Gesichter zurücklassen. — Quick!

Quick. Gnädiger Herr!

Johnson. Verstehst du dein Handwerk?

Quick. Ih nu, ich thue mein möglichstes um die hohen Herrschaften, die bey mir abtreten, zu kontentiren. Freylich ist man nicht immer glücklich.

Johnson. Kannst du auch fangen! (wirft ihm den Beutel hin)

Quick. O im Fangen hab ich etwas gethan. — Muß ich Ihnen herausgeben?

Johnson. Mir herausgeben? Wozu? Auf dem Wege, den ich vor mir habe, werd' ich gratis beherbergt. Behalte!

Quick. Wenn Sie so befehlen. (steckt den Beutel ein, für sich) Das Geld liegt ihm so wenig am Herzen, als das Leben. (zu Johnson) Gnädiger Herr, ich habe noch eine unterthänige Bitte.

Johnson. Nun?

Quick. Sie betrifft einen armen Teufel, dem ich seit einem Jahre Quartier und Tisch auf Kredit gebe. Ich weiß nicht, obs der Hunger thut, aber zuweilen bekömmt er solche Anfälle, daß ich fürchte, er trollt sich eines Tages aus der Welt, ohne von uns Abschied zu nehmen, und was das schlimmste ist, ohne uns zu bezahlen.

Johnson. Wer ist der Mensch?

Quick. Eine Art vom Poeten. Er hat mich schon oft lange gebeten, ihn Ihrem hohen Schutze zu empfehlen.

Johnson. Mein Schutz kann ihm nicht so viel helfen, als ein Regenschirm.

Quick. Ach, gnädiger Herr, das Wetter kümmert ihn nicht. Wenn er Brod hätte!

Johnson. Ein Poet ist ein Kostgänger der Unsterblichen.

Quick. Die Tafel muß den Magen nicht beschweren. Denn die Herren nehmen herzlich gerne mit uns armen Sterblichen vorlieb. Setzen Sie nur Herrn Flickwort auf die Probe!

Johnson. Flickwort? Ein Name schlimmer Vorbedeutung!

Quick.

Quick. Er wird Ihnen für Ihre Mahlzeit Spaß genug machen.

Johnson. Mir Spaß?

Quick. Ich wette, Sie müssen über ihn lachen.

Johnson. (lebhaft) Du willst wetten? (für sich) Eine Wette gieng ich wohl noch ein. — Aber mit dem Schlucker! (laut) Laß ihn kommen!

Quick. Sagen Sie ihm doch im Vorbeygehen, daß es keine Manier ist, sich das Leben zu nehmen, ohne seine Schulden bezahlt zu haben!

Johnson. Ist er dir viel schuldig?

Quick. Ein Kapital eben nicht. Was so ein Wassertrinker verzehrt.

Johnson. (wirft ihm noch einen Beutel hin) Da, mache dich bezahlt, und laß dem Menschen seine Freyheit!

Quick. Sehr wohl. Ich will davon nehmen, was mir zukömmt, und ihm das übrige zustellen.

Johnson. Nein, behalte alles. Ihm spar' ich etwas besseres auf.

Quick. (für sich) Den Henker auch! Wenn sich doch alle Jahre nur Ein Fremder in meinem Hause erschöße!

Johnson. Wenn er Lust hat, mein Reisegefährte zu werden, will ich ihn unterweges frey halten.

Quick. Ich wills ausrichten. (will ab)

Johnson. Noch eins! — Wie viel kostet hier zu Lande eine Leiche?

Quick. (stutzt, und besinnt sich) Gnädiger Herr, auf den Artikel versteh ich mich nicht. Ich brauch ihn eben nicht ins Haus. (Ab.)

Dritter Auftritt.

Johnson (allein.)

Morgen werd' ich nicht mehr aufstehen dürfen, um mich wieder niederzulegen, nicht mich ankleiden, um mich wieder auszuziehen, nicht essen und trinken, um von neuem zu hungern und zu dürsten. Wie wohl wird mir seyn, wenn ich keine Gesichter mehr sehe, die mir zuwider sind, keine Narren mehr höre, die mich mit ihrem Geschwätze rasend machen, wenn keine Glocke mehr der Freyheit meines Willens Gesetze giebt — und das Rad menschlicher Bedürfnisse und Geschäfte mich nicht mehr unerbittlich mit sich fortwälzt! — Könnt' ich nur die Welt überzeugen, daß ich ihr bey kaltem Blute, bey heiterm unbefangenem Geiste ein Schnippchen schlage! Wären nur meine Frau, meine Hausgenossen, alle meine Freunde — (M. Johnson, Betty und Frau Quick schleichen während dieses Selbstgesprächs ins Kabinet) und Bekannten Zeugen meines Abmarsches, um nicht hinterher auszurufen: Ach, der arme Mensch! Der gute Johnson! Er hatte das Fieber! Er war melankolisch! Hätte man ihm Kühlpulver gegeben! Hätte man ihm die Ader geschlagen! — (hitzig, und mit dem Fuße stampfend) Potz Gecken und Affen! Euch sollte man die Koller-

aber

um ihren Mann umzudrehen. Dieser Auftritt ist voll wahren Pathos.

Johnson. (für sich) Ist das Zufall? Oder bin ich verrathen?

Flickwort. „Erster Akt. Zimmer im Gasthof," wie ich vorhin die Ehre hatte Ihnen zu sagen — „Erste Scene. Mistriß Johnson. Betty. Betty: „Folgen Sie meinem Rathe, Madam. Kehren „Sie nach England zurück! Die Thränen, die Sie „vergießen —" Mistriß Johnson tritt mit dem Tuch vor den Augen auf — „Die Thränen, die Sie „vergießen, verdunkeln nur den Glanz Ihrer schö= „nen Augen." Um mehr Theilnahme für sie zu er= regen, hab ich eine schöne junge Frau aus ihr ge= macht.

Johnson. (für sich) Schön und jung! Welche Aehnlichkeit!

Flickwort. (fährt fort) „Ihr Gemahl vergißt „Sie. Vergelten Sie gleiches mit gleichem!" — Kammermädchens Rath! — „Dadurch, daß er „sein Gelübde gegen Sie bricht, giebt er Ihnen ein „Recht, das Ihrige zu brechen." — Das klingt paradox, aber ein Kammermädchen hat ihre eigne Logik. — „Erinnern Sie sich seiner übeln Begeg= „nungen —

Johnson. (betroffen) Uebeln Begegnungen!

Flickwort. „Um seine Abwesenheit leichter zu „ertragen" — Durch diese kurze Rede, wie Sie sehen, erfährt der Zuschauer gleich, daß der schwar= ze Mann vermählt ist, und daß er seine Frau bös= lich verlassen hat. Die Ursache dieser Entlaufung

R   ist

ist in der Antwort enthalten. „Mistriß Johnson: „Betty, das Betragen meines Mannes gegen mich, „sey noch so ungerecht; es kann ihn nicht aus mei= „nem Gedächtnisse verdrängen. Es kann nicht die „Liebe schwächen, die ich ihm auf ewig gewidmet „habe. Glaubst du nicht, daß, wenn er Zeuge „des Schmerzes wäre, dessen Urheber er ist, daß „Trotz aller Härte seines Herzens.." Wildheit wäre vieleicht der eigentliche Ausdruck gewesen, aber eine ehrliche Frau muß sich der Mässigung befleißigen, wenn die Rede von ihrem Manne ist. „Glaubst „du nicht, daß trotz aller Härte seines Herzens „dieser Anblick ihn rührte? Daß, wenn er das „Geschrey seines Kindes hörte — er ihm in die „kleinen Arme flöge? — Betty, seit den unglück= „lichen acht Monaten, daß er seine Fanny verlas= „sen hat —"

Johnson. (aufschreyend) Acht Monate! Seine Fanny verlassen! Das ist zu viel! (zu Flickwort im Zorn) Wer du auch seyst, Genius, Dämon oder Zauberer, woher kennst du mich? Wer hat dir meinen Namen, und die Namen meiner Angehörigen verrathen? Von wem kannst du die Umstände wissen, die —

Flickwort. Von wem?

Johnson. (wütend) Bekenne!

Flickwort. Nur gelassen! Sie sollen meine Wehrmänner kennen lernen. (Steht auf, um nach dem Kabinet zu gehen)

Johnson. (ihn haltend) Nein, du sollst mir nicht entrinnen. Du wärst vielleicht niederträchtig genug, ein Geheimniß zu verbreiten, das du erschlichen hast. Sieh, um deiner Verrätherey zuvorzukommen, will ich vor deinen Augen — (greift mit der andern Hand nach der Pistole, um sie sich vor den Kopf zu setzen)

Flickwort. (fällt ihm in den Arm) Herbey! Herbey!

Sechster Auftritt.

Mistriß Johnson. Betty. Herr und Frau Quick. Vorige.

(Alles stürzt aus dem Kabinete hervor. Quick hilft Johnson halten, und entwindet ihm die Pistole. M. Johnson fällt ihm zu Füssen. Betty steht ihrer Gebieterin bey. Frau Quick trippelt umher, und schlägt die Hände über den Kopf zusammen. Johnson steht versteinert.)

M. Johnson. Halt ein, Unglücklicher!

Fr. Quick. Ach du mein Himmel! ach du lieber hoher Himmel droben! Ich habe keinen Blutstropfen mehr —

Johnson. Meine Frau!

M. Johnson. Sie selbst!

Betty. Ihre Retterin. Das heißt zur glücklichen Stunde kommen.

Quick. Und zur glücklichen Stunde bey mir einkehren. Aber was halfs, wenn der Zufall nicht seinen Brief nach London in meine Hände spielte, und wenn ich nicht so vorsichtig war, ihn zu erbrechen?

chen? (zu Johnson) Mir haben Sie Ihr Leben zu danken, mir!

Johnson. Den Teufel zum Danke!

Fr. Quick. Da hast du's! Siehst du? So wird die Gutherzigkeit verkannt. — (zu Johnson) Pfuy, schämen Sie sich, Herr! Ein fremdes ehrliches Haus in Schaden und Unglück zu bringen! — Wären wir nicht alle eingezogen worden? hätten uns vieleicht losschwören müssen? Und am Ende wär unser Haus doch prostituirt gewesen, und in die Nachrede gekommen, daß Sie darin spuckten —

Quick. Stille doch, Frau!

Fr. Quick. Und warum wollten Sie sich denn dem Teufel in den Rachen jagen? Was kam Ihnen für ein Wurm in den Kopf, daß Sie —

M. Johnson. (bittend) Frau Quick!

Quick. Stille doch, Frau!

Fr. Quick. Ich sollte Ihre Frau seyn, ich wär Ihnen auch nachgereist, ich!

Quick. Willst du hören?

Johnson. (kalt zu M. Johnson) Mistriß Johnson, ich errathe Ihre Absicht. Sie konnten sich die Mühe ersparen. Hier ist mein Testament! Sie sind Universalerbin. Hielten Sie mich für fähig, an Ihnen unedel zu handeln?

M. Johnson. (gerührt) O lieber Mann!

Fr. Quick. Nu, wenn das edel gehandelt ist, ein so liebes junges Weibchen sitzen zu lassen? — Arme, kleine Frau! — Nur Einen Mann zu haben, und seiner nicht froh zu werden!

Quick. Aber Frau!

Fr.

Fr. Quick. Ja, wir sind auch rechte Narren, unser Herz an Einen Mann zu hängen.

Quick. Frau! Bist du —

Betty. Aber so sehn Sie uns doch nur an, Herr Johnson? Nur ein einzigesmal! — Helfen Sie doch, Herr Poet! Ihre Kunst geht betteln, wie es scheint.

Flickwort. Mit nichten! Aber der Dialog ziemt nur den Hauptpersonen. Frau Quick ist schon zu laut für eine Episode.

Fr. Quick. (in Eifer) Was bin ich, Herr Phantast? Was?

Flickwort. (halblaut zu M. Johnson) Madam, die Handlung schleppt. Den letzten Stoß!

M. Johnson. Ach Herr — was kann ich mir von einem Possenspiel versprechen?

Flickwort. Ist das Menschenleben mehr? —

M. Johnson. Wohlan! (zu den übrigen mit tragischer Feyerlichkeit) Meine Freunde, ich wünschte meinen Mann allein zu sprechen.

Fr. Quick. Ih, Madam, Sie wollen — Sie werden doch nicht — Sie — (Quick hält ihr den Mund zu, und zieht sie mit sich hinaus. Flickwort führt Betty ab, und will ihr auch den Mund zuhalten, bekömmt aber eine Ohrfeige.)

Siebenter Auftritt.

Johnson. Mistriß Johnson.

Johnson. (steht mit über einander geschlagnen Armen, gesenktem Haupte und starrem Blicke; M. Johnson nähert sich ihm, legt eine Hand auf seine Schulter, die andere auf seinen Arm)

M. Johnson. Wir sind allein, lieber Johnson! Höre mich! — Lerne deine Fanny besser kennen! — Sie kömmt nicht einen Entschluß zu erschüttern, den dir die Weisheit eingab. Auch ihr eckelt vor der einförmigen, unschmackhaften Kost des Lebens. Sie kömmt, dir Gesellschaft zu leisten. — Errinnerst du dich des edlen Römerpaares, das uns ein ähnliches Beyspiel ließ? — Doch ihr Heldenmuth war das Kind eiserner Nothwendigkeit. Der unsrige ist frey, und würdig in brittischen Seelen aufzuflammen. — Wohlan! Deine Arria geht voran! (zieht eine Pistole aus der Tasche) Paetus! Sieh, es schmerzt nicht! (schießt sie in die Luft, und stürzt zu Boden)

Johnson. (durch den Knall aufgeschreckt) Fanny! — Fanny! — (er sinkt auf ein Knie, ergreift ihre Hand; sie stellt sich todt) Fanny!

Letzter Auftritt.

Quick. Frau Quick. Flickwort. Betty. Fritz. Die Vorigen.

Alle. (schreyen durch einander) Ach, das Unglück! das Unglück! Ach, Herr Johnson, was haben Sie angerichtet?

Johnson. Hülfe! Hülfe! (Frau Quick und Betty beschäftigen sich ihr beyzustehen)

Frau Quick. Ach, du lieber Himmel! Was ist da zu helfen? Sie ist todt.

Betty. Mausetodt.

Johnson. Todt? — Nein, das ist unmöglich. Das ist nicht. Das soll nicht seyn. — Ihre Hand ist ja noch so warm als die meinige! — Sie schlägt die Augen wieder auf! — Einen Wundarzt! Einen Wundarzt! Fanny! Liebste, beste Fanny! Erhole dich wieder! Ich verwünsche meine Narrheit. Ich entsag ihr auf ewig. Ich kehre mit dir zurück. Ich lebe von nun an nur für dich — an deiner Seite — in deinen Armen —

M. Johnson. (springt auf, und fällt ihm um den Hals) O mein Johnson!

Johnson. (erschrocken, will sich losmachen) Fanny!

Flickwort. Bravo! Bravißimo!

M. Johnson. Du bist wieder mein! Du lebst! Du kehrst mit mir zurück! Du hast es mir versprochen! —

Johnson. (erstaunt über diese Veränderung) Was ist das?

Flickwort. (führt den kleinen Friz vor, und spreizt ihm die Arme auseinander) Rufe: Papa! aber laut!

Friz. (schreyt ängstlich aus allen Kräften) Papa!

Johnson. (erblickt Friz, erstaunt aufs neue) Mein Tom! (fliegt auf ihn zu, um ihn zu umarmen)

Friz. (fängt vor Schrecken laut an zu weinen, und ruft) Mutter!

Fr. Quick. (der ihr Mann indessen den Mund zugehalten hat) Dummer Junge!

Johnson. (zu Friz) Was weinst du, mein Sohn?

Fr. Quick. Allzuviel Ehre! Es ist nur mein Friz.

Johnson. Nannt' er mich nicht Papa?

Fr. Quick. Ich wünschte, Sie wären's.

M. Johnson. Verzeih! Es war ein Poeteneinfall!

Johnson. Was?

Flickwort. Zur Schlußgruppe war ein Kind unentbehrlich.

Betty. Herr Flickwort, das haben Sie gut gemacht.

Johnson. Herr Poet, Sie sind doch ein Narr.

Flickwort. Und was waren Sie, eh ich Sie kurirte?

Ende der Posse.